まぼろば

たましいのいきさき

雲間《くもま》縹《はなだ》

文芸社

本文イラスト　赤倉綾香

もくじ

たましい　4
きみにであうまでは　7
ごうよくのかいとう　19
ヤスとアーミィのふしぎなせかい　24
おやすみなさい　35

たましい

たましい　ゆらゆら　どこへ　いく?
からだから　はなれて　どこへ　いく?
たましい　ゆらゆら　てんしといっしょに　てんごくへ　いく
てんごくは　よいこが　いくところ
たましい　ゆらゆら　こわいおにといっしょに　じごくへ　いく
じごくは　わるいこが　いくところ
たましい　ゆらゆら　どこへ　いく?
たましい　もののなかで　ねむる
なんまんねんも　ねむっていたら　かみさまに　なるかもしれない

たましい　ゆらゆら　どこへ　いく？
あたらしい　からだに　いどうする
あたらしいからだで　いきていく
たましい　ゆらゆら　どこへ　いく？
そらの　おくまで　とんでいく
そらのなかで　ねむっている
たましい　ゆらゆら　どこへ　いく？
たましい　　ゆらゆら　どこにでも　いける

きみにであうまでは

きづいたらボクはいた。
くびにはかわのくびわと、オーロラいろのくさりがぐるぐるにまかれていた。
まわりはきりでなにもみえない。
ボクはさとった。
「〝だれか〟にあわなきゃ」と。
〝だれか〟はわからない。
でも〝だれか〟にあわなきゃいけない。
ボクはまえにすすんだ。
きりがはれるとしろいそらがみえてきた。そらにはピカピカのロボットがとんでいた。

ロボットがボクにはなしかけてきた。

「これはこれはぼうや。どこへいくのかい？」

「〝だれか〟のところへ」

ボクがこたえるとロボットははなでわらった。

「だれかってだぁれ？」

ボクはこたえられなかった。

ロボットはまたはなでわらった。

「いきさきがわからないままゝすすむのは、むいみじゃない？　それならわたしととびましょう？」

そういうとロボットははなをのばしてボクをさらおうとした。

ボクはにげた。

ロボットはおこった。

「まあ、おぎょうぎがわるいこ。そんなこにはするどいあめがふってくるわよ」

ロボットはそういうと、はなからたくさんのやりをふきだした。

やりはボクにむかっておちてくる。

ボクはひっしににげた。


きりのさきへにげた。

きりがはれるときんいろのへやがみえてきた。

へやのなかなのにあついかぜがものすごくふいている。

めをあけるとこわいかおをしたおおきなオニがボクをみおろしていた。

オニはいった。

「おまえはわるいことをした」

「ボクはなにもわるいことをしていません」

そういうと、オニはくちからあついかぜをふきだした。

「おれがわるいとおもった。だからおまえはわるい」

「そんな。おかしいよ」

「おまえのことなんてどうでもいい。おれはおこっている。おれがわるいとおもっている。それがせいぎなんだ」

こまったのでボクはにげた。

するとオニはさらにおこった。

「にげるのもわるい。おまえにはばつがひつようだ」

そういうとオニはじめんをどんとふんだ。するとだいちがひびわれどんどんくずれていった。

ボクはひっしでにげた。


きがついたらぼくはきりのなかにいた。

きりがはれるとにじいろのひかりのなかにいた。

めのまえにはどろまみれでぐにゃぐにゃしたバケモノがいた。

バケモノはボクをみるとニヤリとわらった。

バケモノはボクにいろとりどりのきれいなほうせきをさしだした。

「ほしいか？　てにいれることができないものを。けっしててにとどかないものを」

バケモノはそういってまたニヤリとわらった。

ボクはくびをよこにふった。

「いりません。ボクにはひつようありません」

「いやうそだ。おまえはうそをついている。おまえはほしやひかりをもとめている。えいえんをもとめている」

「ほんとうです。ボクはそんなものいりません」

ボクはバケモノからはなれた。

「おまえはかがやきをもとめている。なにものでもないなにかをもとめている」

そういうとバケモノからたくさんのてがでてきてボクをおそってきた。

ボクはにげた。ころびそうになってもはしってはしってにげた。


きりがみえた。

ボクはにげこんだ。

はしっていたらボクはおちた。

ボクはみずのなかにいた。

うきあがると、あかいヤギがボクをみおろした。

ヤギがボクにむかっていった。

「おまはにげてばかり。にげるなんてひれつでよわむしのおこないだ」

ボクはひっしにもがいたが、くさりがおもくておぼれかけている。

ヤギはボクをたすけようとしなかった。ずっとボクをみおろしていた。

「にげてばっかりのおまえは、じごくがおにあいだ」

そういうとヤギはきえた。
ボクはひっしにもがいたが、おぼれてしまった。
くるしい。つらい。いやだ。
だれかたすけて。だれかたすけて。
ねがっているとかすかなひかりがさしこんだ。
ボクはそのひかりにてをのばした。
だれかが、ボクのうでを、ひきあげた。
ボクはようやくくるしみからのがれた。
めをあけると、ボクににているようでにてないひとがいた。
「きみだ」
ボクはいった。
ボクがあいたかった〝だれか〟がいま、めのまえにいる。
「ボクのなまえはバク。わるいゆめをたべるバク」

ボクはようやくきづいた。ボクはいま、ゆめのなかにいることを。

バクはいった。

「おそくなってごめんね。いま、きみのわるいゆめをたべるから」

ボクはなみだをながした。

ようやくわるいゆめからのがれられるからなのか、ようやくバクにあえたからなのか。

なみだはとまることをしらない。

「めをとじればすぐさめるよ」

バクはそういうとボクのかおにてをかざした。

ボクはめがさめた。

ボクはボクのへやにいた。

まどをあけてそらをみあげた。

そらにうかぶしろいつきをみつけた。


バクをおもいだそうとしたけど、こえもすがたもおもいだせない。

きみにあうまで、ボクはきみをしらないままだっただろう。

きみへのいとしさにそよかぜがふく。

「またきみにあいたいな」

ボクはめをとじながらつぶやいた。

ごうよくのかいとう

あるきぞくのいえにかいとうからメッセージがとどきました。

メッセージにはこうかいてありました。

「みっかれんぞくでぬすみにいく」

きぞくのひとたちは、いたずらだとおもい、そのメッセージをむししました。

つぎのひ、じけんがおきました。

きぞくのひとたちのおかねがすべてなくなっていました。

さいふのなかやきんこのなか、いえのなかをくまなくさがしましたが、どこにもありません。

きぞくのひとたちはふるえました。

「おかねがない。おかねがない」

「どうしよう。おかねがないといきていけない」

しかし、だれかがいいました。

「でも、たからものやほうせきはとられていない」

きぞくのひとたちはみなホッとしました。

「おかねがなくても、たからものやほうせきがあるならあんしんだ」

「たからものやほうせきがあればこわくない」

きぞくたちはおおわらいしました。

そのつぎのひ。こんどはたからものやほうせきがすべてなくなっていました。

ひきだしのなかやてんじょうのなか、いえのなかをくまなくさがしましたが、どこにもありません。

きぞくのひとたちはおびえました。

「たからものがない。ほうせきがない」

「どうしよう。たからものやほうせきがないといきていけない」

だれかがいいました。

「つぎにぬすまれるのはなんだ……？」

きぞくのひとたちはこまりました。

「つぎはこのごうていかもしれない」

「いや、だいだいつたわるとちがとられるかもしれない」

「いやいや、このいえでいちばんかちがあるのはわたしだ。つぎにねらわれるのはわたしのいのちだ」

きぞくのひとたちはこんらんしました。

いっぽうで、めしつかいのひとたちはおちついていました。

「きぞくのひとたちはかんがえすぎだ」

「みんなごうよくだ」

つぎのひ、きぞくのひとたちはみんないなくなりました。

めしつかいのひとたちのもとに、かいとうからおかねやたからもの、ほうせきがとどきました。めしつかいのひとたちはおどろきました。

きぞくのいえにとどいたメッセージにはこうかいてありました。

「ぬすみはだいせいこう。ほしかったものはぜんぶいただいた」

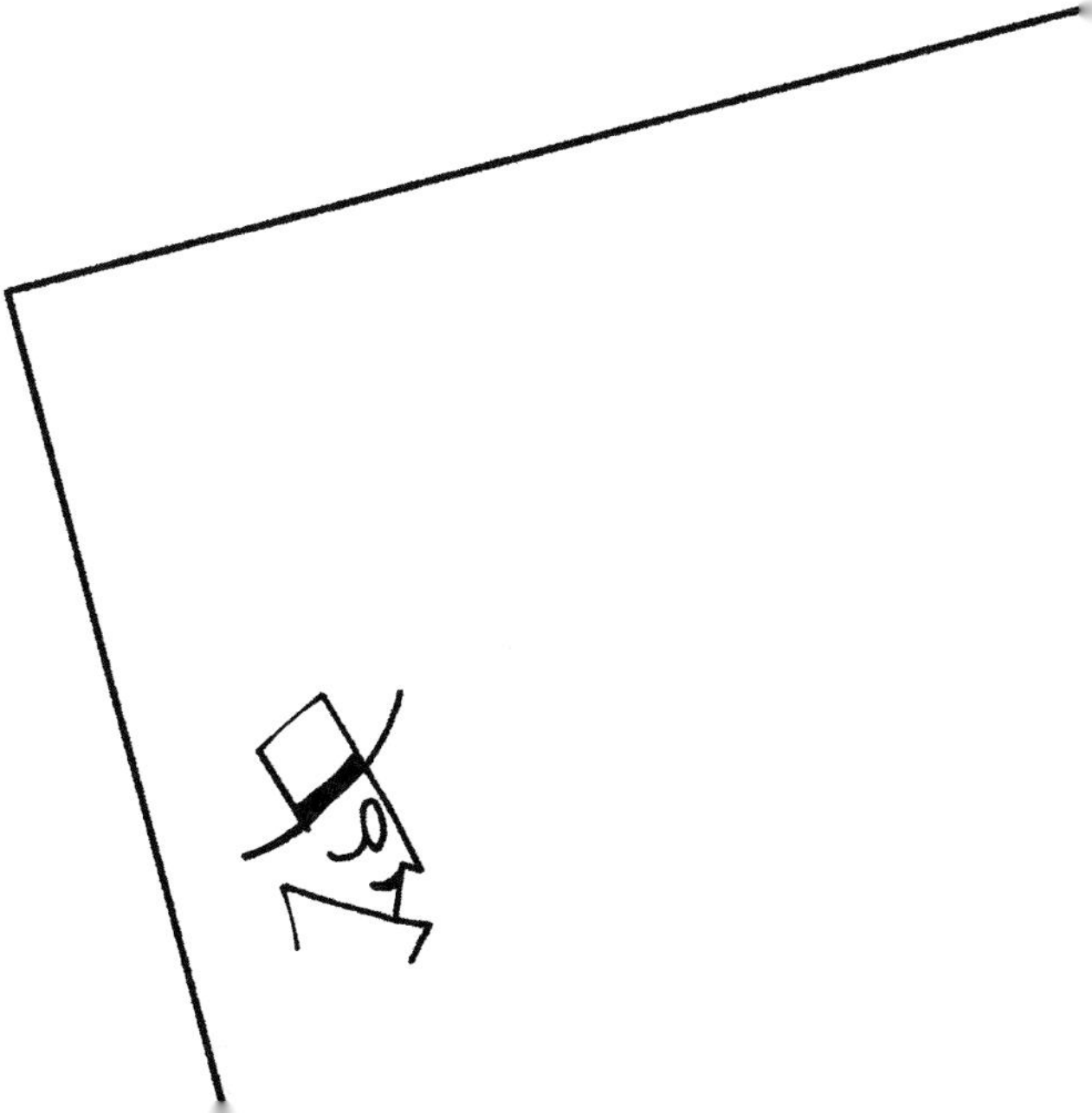

ヤスとアーミィのふしぎなせかい

ヤスはおにいちゃんとなかよし。

でもきょうはちがいます。ヤスとおにいちゃんはケンカをしてしまいました。

「もうおにいちゃんなんてしらない。だいきらいだ」

ヤスはおにいちゃんのかおをみるのがいやになったので、ひとりでにわにでました。

するとにわにさいているチューリップのすきまから、ふわふわとしたわたあめのようなかたちをした、みどりいろのいきものがヤスをみていました。

ヤスはふしぎないきものにちかづいてききました。

「きみはだれ?」

すると、いきものはこたえました。

「ぼくのなまえはアーミィだよ」

アーミィははねながらヤスにちかづき、こういいました。

「ヤスくん。きみをぼくのせかいにつれていってあげる。いっしょにあそぼう」

ヤスはいつもおにいちゃんとあそんでいますが、いまはケンカちゅう。

「うん！　いいよ！」

ヤスはよろこんでこたえました。

アーミィもよろこびました。

「それじゃあ、ぼくのあとについてきて」

アーミィはチューリップのすきまにもぐりこんでいきました。

ヤスはハイハイをするようにチューリップのすきまにはいりました。

すすめどすすめどチューリップのトンネルはつづきます。

ようやくみちがひらけると、おおきくてふといきがめのまえにでてきました。

きのまわりにはアーミィのなかまたちがたのしくあそんでいました。

ヤスはとてもよろこびました。

「たのしそうなものがいっぱいある」

ヤスとアーミィはさっそくあそびにいきました。

きのツルでブランコをしました。ヤスはおもいました。

「おにいちゃんとだったら、もっとたかくこげるのにな」

おおきいタンポポのわたげにつかまってそらをとびました。ヤスはおもいました。

「おにいちゃんとだったら、もっとおもしろくとべるのにな」

アーミィのなかまたちとたんけんごっこをしました。ヤスはおもいました。

「おにいちゃんとだったら、もっとたのしいだろうな」

ヤスはおにいちゃんのことをおもいだして、かなしくなりました。

おにいちゃんをだいきらいになってしまったことを、こうかいしました。

アーミィはヤスがかなしそうなかおをしているのにきづきました。

「どうしたんだい。そんなにかなしそうなかおをして」

ヤスはいいました。

「おにいちゃんにあいたいな」

ヤスはなきだしました。

するとアーミィはいいました。

「それじゃおにいちゃんにあいにかえる?」

ヤスはくびをよこにふりました。

「ぼく、おにいちゃんにだいきらいっていっちゃった。だからおにいちゃんも、ぼくのことだいきらいになっちゃったかもしれない」

「そんなことないよ」

アーミィはやさしくいいました。

「それじゃおにいちゃんがいまなにをしているか、みてみようよ」

アーミィはヤスのてをひき、ふわふわとんでいたシャボンだまにはいりました。

シャボンだまはふわふわかぜにのせられて、ヤスのいえのにわにたどりつきました。


いえのなかにはいると、おにいちゃんがひとりであそんでいました。

おにいちゃんはとてもさびしそうなひょうじょうをしていました。

おにいちゃんはつぶやきました。

「ヤスとケンカしちゃった。にどとあそべなくなったらかなしいな」

そのようすをみてヤスはさけびました。

「おにいちゃんごめんなさい。ぼくはおにいちゃんといっしょにあそびたい。おにいちゃんのことがだいすきだよ」

ヤスのめからなみだがぽたぽたとこぼれおちました。

アーミィはヤスをやさしくだきしめました。

「ヤス、きみのすなおなきもちがきけて、ぼくはうれしいよ」

ヤスもアーミィをだきしめてなきました。


ヤスとアーミィは、おおきなきのもとにもどってきました。

ヤスはいいました。

「ぼく、おにいちゃんのもとにもどりたい。でも……」

ヤスはふあんげなひょうじょうをうかべました。

「おにいちゃんとなかなおりできるかな」

アーミィはいいました。

「だいじょうぶ。すなおにいえばいいんだ」

アーミィは、ヤスのてをとっていいました。

「じぶんのきもちをしょうじきにつたえたら、きっとおにいちゃんとなかなおりできるよ」

ヤスはアーミィのてをにぎりかえしました。

「ありがとう、アーミィ」

するとアーミィはてれくさそうにいいました。

「わかれるまえに、おねがいしたいことがあるんだ」

「なぁに？」

「ぼくとともだちになってくれないかな」

ヤスはよろこびました。

「ぼくたちはもうともだちだよ」

ヤスとアーミィはぎゅっとだきあいました。

きがついたらヤスはにわでねころがっていました。

チューリップのとおりみちはなくなっていました。

ヤスがおきるとおにいちゃんがちかづいてきました。

おにいちゃんはもうしわけなさそうなかおをしていいました。

「ヤス、さっきはごめんね」

ヤスはくびをよこにふりました。

「ぼくもごめんね」

おにいちゃんはパアッとえがおになりました。

「それじゃあいっしょにあそぼう」

「うんあそぼう」

こうしてヤスとおにいちゃんはなかなおりしました。

チューリップのかげからのぞいていたアーミィもよろこびました。

おやすみなさい

おかえりなさい
みじかいような　ながいような
たびはどうだった？
すいもあまいもあじわえただろうか
てんごくにたどりついたか
あるいは
じごくにたどりついたか

なんにせよ

きみはかえってきた
きずだらけになったけど
きずとおなじくらいの
あたたかさとつらさをてにいれた
それはいずれ
きみのちからになる
きみのこころになる

いってらっしゃいをいうまえに
すこしやすめばいい

ゆめをみてもいい
きおくをなくしてもいい

きみがいたということは
しょうめいされた

なににだってなれる
どこにでもいける
わかれば
それでいい

きみというたましいよ
おやすみなさい

郵便はがき

料金受取人払郵便

新宿局承認

7553

差出有効期間
2024年1月
31日まで
（切手不要）

1 6 0-8 7 9 1

1 4 1

東京都新宿区新宿1－10－1

(株)文芸社

愛読者カード係 行

お名前《ふりがな》			明治 大正 昭和 平成 年生 歳		
ご住所《ふりがな》	□□□-□□□□			性別 男・女	
お電話番号	（書籍ご注文の際に必要です）	ご職業			
E-mail					
ご購読雑誌（複数可）			ご購読新聞 新聞		

最近読んでおもしろかった本や今後、とりあげてほしいテーマをお教えください。

ご自分の研究成果や経験、お考え等を出版してみたいというお気持ちはありますか。

ある　ない　内容・テーマ（　　　　　）

現在完成した作品をお持ちですか。

ある　ない　ジャンル・原稿量（　　　　　）

書　名			
お買上 書　店	都道　　　　　市区 府県　　　　　郡	書店名 ご購入日	書店 年　　月　　日

本書をどこでお知りになりましたか?

1.書店店頭　2.知人にすすめられて　3.インターネット(サイト名　　　　)

4.DMハガキ　5.広告、記事を見て(新聞、雑誌名　　　　)

上の質問に関連して、ご購入の決め手となったのは?

1.タイトル　2.著者　3.内容　4.カバーデザイン　5.帯

その他ご自由にお書きください。

(　　　　)

本書についてのご意見、ご感想をお聞かせください。

①内容について

②カバー、タイトル、帯について

弊社Webサイトからもご意見、ご感想をお寄せいただけます。

ご協力ありがとうございました。

※お寄せいただいたご意見、ご感想は新聞広告等で匿名にて使わせていただくことがあります。

※お客様の個人情報は、小社からの連絡のみに使用します。社外に提供することは一切ありません。

■書籍のご注文は、お近くの書店または、ブックサービス(0120-29-9625)、セブンネットショッピング(http://7net.omni7.jp/)にお申し込み下さい。

著者プロフィール
雲間 縹（くもま はなだ）
1994年生まれ
多摩美術大学卒業

本文イラスト：赤倉綾香、株式会社ラポール イラスト事業部

まほろば たましいのいきさき

2023年３月15日　初版第１刷発行

著　者　雲間 縹
発行者　瓜谷 綱延
発行所　株式会社文芸社
〒160-0022　東京都新宿区新宿1－10－1
電話　03-5369-3060（代表）
03-5369-2299（販売）

印刷所　図書印刷株式会社

ISBN978-4-286-28032-5